MONUMENT DE MOLIÈRE.

MONUMENT

DE

MOLIÈRE,

Poème

PAR M. A. DUPRÉ,

PRINCIPAL DU COLLÉGE DE SAINT-CALAIS.

SAINT-CALAIS,

PELTIER-VOISIN, IMPRIMEUR-LIBRAIRE,

Place de l'Église.

—

1843.

Monument de Molière

Qui dans les plis du cœur surprend mieux la nature.

I.

Les siècles sont tardifs dans leur reconnaissance ;
Rarement le poète, aux lieux de sa naissance,
Monte, pendant sa vie, à la place d'honneur ;
Rarement dans sa voie il trouve le bonheur,
Le noble feu du ciel, en dévorant son ame,
Le pousse haletant au but qui le réclame,
Et bien souvent, hélas ! sans voir le sol promis,
Il succombe accablé sous les coups ennemis.
Parlez, Grèce, Florence, et toi, Lusitanie,
Dites, qu'avez-vous fait de ces rois du génie,
Auguste trinité, flambeaux tombés des cieux,
Qui versèrent sur vous leurs rayons glorieux ?
Ingrates, vous avez méconnu votre Homère,
Et payé ses travaux du pain de la misère,
Ou même dans l'exil jeté le dieu mortel
Dont la terre est le temple et l'univers l'autel.

* Cette pièce a concouru pour le prix de poésie proposé par
l'Académie française.

Et toi, fière Albion, toi qu'un chef-d'œuvre accuse,
Tu fus sourde aux accents d'une céleste muse,
Et l'Aveugle immortel, solitaire, oublié,
Avant d'être ta gloire, inspirait la pitié.
La France aussi, la France eut ses nobles victimes;
Combien ne vit-on pas de ses enfants sublimes,
Par le ciel appelés à d'éclatants destins,
Gémir sous les assauts des Pradons, des Cotins,
Et vainqueurs mutilés, obtenir par prière,
Vivants, un simple toit, ou morts, six pieds de terre!
Les hommes ont passé, leurs noms seuls sont debout,
Seuls ils bravent l'envie, et nous voyons partout
Des talents méconnus, des gloires rejetées :
Le Génie est un dieu qui compte ses athées.

II.

Il faisait nuit; du bronze triomphal
Qui rayonne sur toi, place de la Victoire,
Mon œil interrogeait en vain le piédestal,
Magnifique feuillet de notre grande histoire.
Si nos guerriers, ces héros demi-dieux,
Dans l'ombre semblaient fuir de la page effacée,
Le siècle de Louis, à défaut de mes yeux,
Brillait dans ma pensée.

Je restais là, debout et méditant :
Je voyais le grand roi superbe en sa puissance;
Je pesais la valeur de son règne éclatant,
Et je le trouvais lourd dans ma juste balance.

Ah ! c'est qu'aussi les Lettres et les Arts
Venaient placer leur poids sur la gloire des armes,
Et le génie élève au-dessus des Césars
    Ses triomphes sans larmes.

Et mon esprit, dans son rêve enchanté,
M'offrait des plus beaux noms une élite brillante ;
De ces enfants du ciel l'austère majesté
Me remplissait le cœur d'une sainte épouvante.

Et cependant je m'écriais enfin :
« Salut à vous, salut, colonnes de lumière,
Corneille, Bossuet, Racine, Le Poussin,
    Pascal, Puget, Molière ! »

J'allais encore dire des noms fameux,
Après le créateur de notre comédie,
Quand près de moi j'entends un souffle douloureux,
Pareil à l'humble voix du pauvre qui mendie.

Quel est ce bruit ? d'où part ce triste accent ?
Je regarde, et je vois s'éloigner de la terre
Un rayon lumineux qui fuit en pâlissant :
    C'est l'ombre de Molière !

Eh ! pourquoi fuir ? arrête, viens ! pourquoi
De tes frères troubler la suave harmonie,
Toi qui reçus un jour à l'appel de ton roi
Sur l'arrêt de Boileau, le sceptre du génie ?

Ecoute-moi ! mais non, tu fuis encor ;
Tu portes vers le ciel ta douleur, ombre chère ;
Ah ! qui pourra jamais de ton rapide essor
    M'expliquer le mystère ?

Mais tout à coup j'arrive en d'autres lieux,
Par les airs transporté sur l'aile de mon rêve,
Un asile funèbre en s'offrant à mes yeux
Vient attrister mon âme aux pensers qu'il soulève.

C'est le séjour où, suprême douleur,
La mort du grand poète a guéri les blessures
Quand il voulut encor jouer dans son malheur,
Rire dans ses tortures.

Oui, c'est bien là que, martyr du devoir,
Il revint expirant de sa dernière scène;
Là qu'au pauvre il laissa le pain du désespoir,
Et qu'il brisa pour lui sa vie encore pleine.

La gloire au moins remplit son juste orgueil,
De sa tombe elle sort pure et victorieuse
Ainsi l'âme en quittant le corps comme un cercueil
S'envole radieuse.

Console-toi, fier d'un destin si beau;
Deux siècles t'ont jugé! Repose en paix, Molière,
Qu'à ce nom glorieux dans la nuit du tombeau,
Un sentiment de joie agite ta poussière.

Je me taisais, et soudain près du seuil,
Un long soupir s'entend; j'écoute et, plein de crainte,
Je sens autour de moi l'ombre qui, dans son deuil,
Exhale encor sa plainte.

Ici finit le rêve, et mon esprit troublé
D'un sombre souvenir fut dès lors accablé
Et je restai dans la tristesse.

Quel est le sens, dis-moi, de ce lugubre son?
Dis-moi de tes soupirs l'affligeante leçon,
    Ombre plaintive et vengeresse !

III.

Longtemps j'ai parcouru ce vaste champ de mort,
Cité muette, immense, où l'homme trouve un port,
Quand il quitte la vie et ses rudes tempêtes :
Longtemps j'ai parcouru son peuple de tombeaux,
Et ces marbres sculptés, brillants et lourds manteaux
    Etendus sur d'illustres têtes.

Mon œil à tout moment lisait un souvenir
Que le siècle soigneux transmet à l'avenir,
    Ce gardien des grandes mémoires ;
Ici dans la science, et là dans les combats,
Dans les lettres, les arts, partout, à chaque pas,
    Le génie étalait ses gloires.

Pendant qu'avec respect je saluais ces morts,
J'arrivais en espoir à la place où tu dors,
Tant mon ame avec toi s'entretenait, Molière ;
Je te cherchais aux rangs du bataillon sacré,
Et je croyais toujours que ton nom révéré
    Allait surgir de chaque pierre.

Cet espoir était vain ! je dus le repousser !
Mais qu'il était cruel pour moi de renoncer

A lui voir la première place !
Au poète immortel dont chacun sait les vers,
Et dont la renommée a rempli l'univers,
        Epargner le marbre et l'espace !

Eh bien ! voilà pourquoi son ombre chaque nuit,
Soupirant dans les airs son lamentable bruit,
Accuse notre ville à ses plaisirs livrée;
Voilà pourquoi toujours cette ombre au désespoir
Gémit de nos dédains, elle qu'on devrait voir
        De la France entière honorée !

Et toi, grande Cité, toi, mère des beaux arts,
Toi qui portes sur eux tes avides regards,
        Ainsi qu'une mère idolâtre,
Peux-tu donc oublier, de tes fils glorieux,
Celui dont le nom brille à ton front radieux,
        Et pour lui te montrer marâtre ?

Peux-tu donc oublier cet immortel enfant
Qui sur un siècle entier s'élève triomphant,
Comme ces noms fameux Shakspeare, Dante, Homère ?
Peux-tu donc oublier ses illustres labeurs ?
Toi même dédaigner la plus belle des fleurs
        De ta couronne littéraire ?

IV.

Combien de fois pourtant, louable en ses efforts,
Le docte Aréopage, à la cendre des morts,

Pour les âges passés restitua la gloire ;
Combien de fois aussi, Molière, à ta mémoire ,
Il donna, plein d'amour, un noble souvenir
Qui, vivant dans son sein, ne doit jamais finir!
Il proclama le prix de ton riche héritage ;
Par respect, dans son temple, il reçut ton image ,
Et son culte pour toi n'a pas encor failli.
Aussi de quels transports ce vers fut accueilli :
Rien ne manque à sa gloire , il manquait à la nôtre !
Du génie et du goût infatigable apôtre ,
Il voulut , sûr de plaire à la postérité ,
Couronner dans Chamfort ton immortalité.
Et pourtant le dessein de ton apothéose ,
Qui devant son esprit incessamment se pose ,
Sans rien créer pour toi se calmait impuissant.
Mais semblable au soleil de la nuit renaissant ,
Ou bien comme de Dieu la sublime pensée
De l'ame de l'impie est mille fois chassée ,
Et mille fois revient , magnifique flambeau ,
Lui dévoiler l'Auteur du bien , du vrai , du beau ;
Ainsi la sainte ardeur de notre Académie ,
Ou se montre au dehors , ou s'échauffe endormie ,
Pour éclater ensuite aux yeux des cœurs fervents ,
Et conquérir aux morts les honneurs des vivants.
Eh ! quel auteur en France , ou quel divin génie
Plus que lui mérita cette heureuse harmonie ?
Quel nom plus que le sien, par les ans respecté ,
Grandit resplendissant dans sa célébrité ?
De ses nobles amis, vastes intelligences ,
Qui nous ont enrichis de leurs trésors immenses ,
Lequel a , comme lui , traversé pur et grand ,
Des révolutions le fleuve dévorant ?

Lequel peut, comme lui, se montrer sans blessure
Après tous les combats de la littérature?
On dirait cependant que sur toi, dieu proscrit,
Une terrible voix a lancé l'interdit,
Et qu'à jamais le sel jeté sur ta poussière
A gémir loin de nous t'a condamné, Molière.

V.

Mais pourquoi ce bruit
Que dans l'air produit
Là bas cette foule,
Pareille aux grands flots
Que porte à son dos
La mer dans la houle ?
D'ou vient la clameur,
Signal de bonheur,
Qui jusqu'à moi roule ?

Voyez, curieux,
Les bras vers les cieux,
Le peuple se rue,
Et toujours bruyant,
Se pousse en criant,
Vers ce coin de rue,
Où déjà pressés,
D'autres sont placés,
La tête tendue.

Bientôt à la fois,
Ces bruyantes voix
Gardent le silence :
Courons ! quel tableau,
Sous ce grand rideau,
A la foule immense
Va se découvrir,
Et pourra remplir
Sa vaste espérance ?

Mais sur un signal ,
Le drap colossal
A touché la terre ,
Et cent mille cris
Roulent dans Paris ,
Comme un long tonnerre :
Bien !.. vivat !.. honneur !..
Immortel auteur ,
Gloire à toi , Molière !

VI.

Ai-je bien entendu ? dois-je croire mes yeux ?
Ah ! c'est lui ! c'est bien lui ! lui qui vient glorieux
  S'offrir à nous par l'art du statuaire ,
Dans son fauteuil assis , malade imaginaire !
C'est lui que nous voyons auprès de nous fixé,
Lui qui deux siècles fut de Paris délaissé !
Le voilà , c'est bien lui ! voyez sa large tête !
  Il a vaincu ! Paris est sa conquête !

Quelle place féconde en souvenirs divers
Sur le grand écrivain, sublime roi des vers!
C'est là qu'il supporta le fardeau de la vie ;
Ici que sur son trône il écrase l'envie,
Et de ce double asile, où mon œil s'est porté,
L'un pourra crier, mort, l'autre, immortalité!
L'un nous rappellera les souffrances de l'homme,
    L'autre, l'auteur que chaque siècle nomme!

VII.

    Observons de plus près le riche monument ;
Avançons-nous, voyons s'il nous dit noblement
De ce peintre immortel la poétique histoire,
Et s'il peut lui solder l'intérêt de sa gloire.
Quel artiste fameux, quel ciseau renommé,
Au marbre froid et brut, au bronze inanimé,
Par son art créateur a pu donner la vie ?
C'est Seurre, c'est Pradier, frères par le génie :
De quel grand atelier l'ensemble est-il sorti ?
Cette imposante masse est due à Visconti.
Mais pour le mieux juger commençons par le faîte :
« A Molière ! » C'est bien ; ce grand nom mis en tête
Parmi les noms fameux indique assez son rang,
Et l'effet en est beau ; lettres d'or, marbre blanc.
    Poursuivons ; au-dessous brille la Renommée ;
Sa main d'une trompette ici n'est point armée ;
Eh ! qu'en eût-elle fait ? quand son énorme voix
Chez les peuples divers tonnerait à la fois ;
Quand du milieu des airs, confiée à son aile,

Elle irait s'écriant : Ecoutez la nouvelle !
Tous les peuples surpris d'entendre encor ses sons :
Molière, diraient-ils, mais nous le connaissons !
Mais depuis deux cents ans il a fait nos délices,
Soit que son vers brûlant stigmatisât les vices,
Soit que sur un ton noble il louât la vertu,
Ou qu'avec son gros rire il nous ait apparu.
Honneur donc à celui qui, laissant la trompette,
Conçut la Renommée arrêtée et muette,
Et d'un air radieux, des célestes hauteurs,
Lançant, à pleines mains, des couronnes de fleurs
Sur le front du poète assis au-dessous d'elle !
C'est là ta mission, messagère immortelle ;
Tes présents de l'oubli doivent le consoler ;
Sous leur masse enivrante il te faut l'accabler :
Jette, jette toujours et jamais ne te lasse.
Abaissons nos regards vers le central espace :
Molière est là, lui-même, assis dans le fauteuil
Qui rappelle en notre ame un souvenir de deuil.
Il revit dans le bronze ; un cintre l'environne ;
Des deux côtés s'élève une double colonne ;
Il est là, tête nue et dignement placé ;
Les mains sur les genoux ; le pied droit exhaussé ;
Son front incline un peu ; son air est grave, il pense ;
Peut-être d'un chef-d'œuvre il conçoit la naissance ;
Et l'embryon peut-être informe en son cerveau,
Doit à ses beaux succès joindre un succès nouveau.
Mais dans ses traits on voit cette ombre de tristesse
Qui donne, avant le temps, l'aspect de la vieillesse ;
Il semble même encor, dans ce royal séjour,
Souffrir par le génie, et souffrir par l'amour,
Et dire comme Orgon dans la douleur qu'il traîne :

Allons ferme, mon cœur, point de faiblesse humaine !
Oh ! que de fois il fit appel à sa raison,
Quand de la jalousie il sentit le poison !
Combien de fois hélas ! de chagrins dévorée
Au sombre désespoir son ame s'est livrée !
Et quel tourment alors que, triste, agonisant,
Il allait, par devoir, sous un masque plaisant,
Egayer au théâtre et la cour et la ville
Des ruses de Scapin ou bien de Mascarille,
Et que d'un vrai plaisir tout le peuple agité
Louait avec transport sa menteuse gaîté !
Quelle torture aussi, quand pour calmer sa peine,
Il venait confiant dans sa puissante veine,
Essayer un chef-d'œuvre, espoir de ses amis,
Si, privé du succès qu'il s'en était promis,
Il entendait crier les bourdons littéraires,
Et voyait ses rivaux, frémissantes vipères,
Qui lâchement voulaient salir de leur venin
Ces pages, grand miroir, où vient le genre humain
Offrir les mille traits de sa mobile face,
Où mieux que sur le bronze il imprime sa trace !
Et quel chagrin de voir ses glorieux travaux
Lui créer chaque jour des ennemis nouveaux !
Ah ! si notre œil lisait dans l'ame du grand homme,
Si ses douleurs pouvaient se formuler en somme,
Quel insensé dirait, sans éprouver d'effroi :
Qu'importe, fais, ô Ciel, un grand homme de moi !
Qui voudrait de la gloire à ce prix achetée ?
Quel est l'audacieux, le nouveau Prométhée,
Qui, près de lui voyant un autre Jupiter
Disposer le vautour, le roc, les coins de fer,
Prendrait le feu céleste, et d'une main hardie,

Dans un grossier limon ferait passer la vie ?
Et pourtant si, vaincu par ses rudes labeurs,
Molière eût écouté le cri de ses douleurs,
S'il eût désespéré de son vaste génie,
Et reculé tremblant devant la calomnie,
La France de son art n'eût pas vu l'âge d'or,
Et la scène sans lui l'ignorerait encor.
Honneur à toi, Louis, qui sus par ta puissance
Du poète abattu relever l'espérance,
Qui comprimas les cris de ses rivaux houteux,
En leur disant bien haut : Je l'ordonne et le veux !
Mais tu fis plus encor ; tu vins t'offrir toi-même
Pour tenir son enfant sur les fonds du baptême,
Et pour justifier d'un odieux soupçon
L'auteur déclaré pur par ta grande leçon.
Pendant les mauvais jours tu fus sa providence ;
Assuré d'obtenir ta royale assistance,
Plus libre, il poursuivait son rôle dangereux,
Et sa main déchirait le masque au vice affreux
Qui sur la foi naïve indignement spécule ;
Qui se signe, épiant une ame trop crédule ;
Soupire à deux genoux aux parvis du saint lieu,
Et s'abrite, l'infâme, au nom sacré de Dieu !
    Descendons maintenant, et portons notre vue
Aux coins du piédestal ; une simple statue
Les pare l'un et l'autre et fixe le regard.
En elles nous voyons deux symboles de l'art,
Deux filles qui sont là pour résumer Thalie ;
A droite est la sagesse, à gauche est la folie ;
L'une se reconnaît à son front sérieux,
Et l'autre, en souriant, sur un masque a les yeux.
Non loin, deux bas-reliefs, magnifiques regîtres,

Des pièces de l'auteur nous présentent les titres;
C'est sa noblesse à lui, qui prend pour parchemin
Les durables feuillets du marbre et de l'airain.
De ces titres où donc trouver le commentaire?
Qui le donnera? vous, enfants du même père;
Vous, filles du génie! oh! parlez, dites-nous
Les mystères d'un art si bien connu de vous.
De grâce, répondez à mon humble prière!
Répondre, c'est chanter la gloire de Molière.
A ces mots je prêtai l'oreille aux moindres sons,
Et soudain j'entendis; « Eh bien, nous t'exauçons,
Sois attentif. » Surpris et transporté de joie,
Je recueille ces mots que le marbre m'envoie.
D'abord la sérieuse: « Allons, parlez, ma sœur;
Vous êtes mon aînée; à vous est dû l'honneur. »
Puis la folle me dit: « J'obéis pour te plaire;
Ecoute, et par nos chants connais mieux notre père. »

VIII.

PREMIÈRE VOIX.

C'est moi, j'ouvre la scène; on m'appelle *Etourdi*;
Venez me voir, ô vous dont le cœur affadi
Voudrait s'épanouir au jeu de Mascarille;
C'est un maître valet; venez voir comme il brille,
Et malgré ses défauts, convenez qu'aujourd'hui
On doit dire: Au théâtre un nouvel astre a lui.

SECONDE VOIX.

Je puis m'enorgueillir; ma mission est belle;

En mettant sur la scène Ariste et Sganarelle ,
J'unis dans mes tableaux la sagesse et les ris ,
Et j'offre aux spectateurs *l'Ecole des Maris.*
La pudeur sans rougir suit les pas d'Isabelle ,
Qui reste chaste et pure en se montrant rebelle
A l'amour d'un vieillard dont la grossière humeur ,
Sous la clef, croit tenir les passions du cœur ;
Mais il connaît bientôt qu'il lui fallait pour plaire
Quelque chose de plus qu'un vœu testamentaire ,
Et son exemple dit aux maris éclairés :
Si l'hymen a des fers , que ces fers soient dorés.
Admirez donc l'auteur, philosophe - poète ,
Dont l'esprit a toujours une mine secrète ,
Et qui sait profiter même d'un *œil mauvais.*
Dans son art merveilleux qui l'égala jamais ?
Le pur Térence à peine entre dans la carrière ,
Et Ménandre lui-même est un demi-Molière.

Je ris encor , toujours ; j'aime les ris heureux ,
Et je me trouve à l'aise *au Dépit Amoureux :*
Mais si vous repoussez notre incroyable Ascagne ,
Je connais pour la joie un pays de Cocagne ;
Suivez-moi chez Cathos et sa sœur Madelon ,
Précieuses d'esprit , sans goût et sans raison.
Voyez comme Molière , armé de sa férule ,
Du pédantisme abat le puissant ridicule ;
Comme il sait détrôner le jargon corrupteur
Dont l'éclat mensonger gâta plus d'un auteur ,
Et laissant loin de lui l'Italie et la Grèce ,
Se montrer riche alors de sa propre richesse !
Voyez comme il est grand encor dans *les Fâcheux*

En élevant la voix contre un usage affreux !

SECONDE VOIX.

Sur l'innocente Agnès ont plu les épigrammes ;
Dix auteurs ont maudit son *Ecole des Femmes*,
Qu'on peut aussi nommer l'Ecole des Maris ;
Et mon père en cela fut justement repris.
La jalouse ignorance a frappé d'anathême
Les *puces de la nuit* et *la tarte à la crême* ;
On a vu tout-à-coup Vicomte et Commandeur
Du théâtre encombré sortir avec fureur,
Et pauvre original, comique en sa colère,
Plapisson s'écrier : Ris donc, ris donc, parterre !

PREMIÈRE VOIX.

Moi, je reviens encore à mes bruyants grelots ;
Je les agite au nez de ces illustres sots,
Qui vont contre mon père ourdir leurs mille trames.
En vain pour ruiner son école des femmes,
Se liguent à la fois les demi-beaux esprits,
Les marquis et les grands, et les pauvres maris ;
Lui-même il les confond dans sa *propre critique*
Et sous les coups sanglants de son fouet satirique,
Dans la lice il les pousse éperdus, haletants.
Retrouve-t-il encor ces lâches combattants ?
Sur l'ordre de Louis usant de représailles,
Il jette à leur fureur *l'Impromptu de Versailles ;*
Il lutte en vrai lion, et d'un dernier assaut,
Nouvel Aristophane, il écrase Boursault.

SECONDE VOIX.

Au théâtre paraît un nouveau personnage ,

De vices effrayants merveilleux assemblage ,
Le terrible *Don Juan* , hideux d'impiété ,
Et parfait idéal de la perversité.
On ne voit qu'en tremblant cette figure étrange,
Ce démon incarné , monstre pétri de fange ,
Qui brise sous les pieds les plus saintes des lois ,
Dont le sang et les pleurs sont les plus doux exploits ,
Et pour qui trois amours , Dieu , sa femme et son père ,
Ne sont que les hochets d'une vaine chimère !
Mais où donc le génie a-t-il pris ses couleurs ,
Pour étaler aux yeux de si grandes horreurs ?
Et comment le pinceau qui peignit Sganarelle ,
Peut-il des scélérats rendre ainsi le modèle ?
A peine il s'offre à nous frappant de vérité ,
Le peuple prévenu n'y voit qu'impiété !
O mon père , allez donc comme un autre Euripide,
Sur la scène crier à la foule stupide :
Attendez, attendez, vous verrez à la fin
Si du Ciel il triomphe impie et libertin !

PREMIÈRE VOIX.

D'où vient donc contre lui cette ardente colère ?

SECONDE VOIX.

Le monde sait déjà que Tartuffe est son frère ;
Mais avant ce chef-d'œuvre une autre pièce encor
Doit d'un noble génie éterniser l'essor.
Alceste est Misanthrope , et par sa brusquerie,
Il commence pour nous la riche galerie,
Où , vrais types du genre et placés dans leur jour,
Paraissent les marquis, petits-maîtres de cour ,
Le bel esprit qui rêve aux succès du poète,

L'indulgente douceur , la prude et la coquette ;
Tous viennent égayer ce ravissant tableau
Que créa plein de vie un fidèle pinceau.

PREMIÈRE VOIX.

A ce sujet pourtant je vis un soir mon père
Se dire avec douleur : Je ne pouvais mieux faire !

SECONDE VOIX.

Il est vrai , dans ce jour l'ignorant spectateur
Vainement eût voulu le suivre à sa hauteur ;
Molière était pour lui l'aigle qui fend la nue,
Et traverse l'espace où se perd notre vue.
Mais le temps fait un pas , Alceste est plus goûté,
Et l'oracle du goût par Boileau décrété ,
Réchauffe des esprits la froide indifférence;
Du Misanthrope on aime à voir la violence
Sur les travers d'autrui s'abattre tour-à-tour,
Quand lui-même est vaincu par le plus fol amour !
On rit en le voyant contre l'espèce humaine
Couver avec bonheur une *effroyable haine* ,
Et chercher le plaisir de perdre son procès ,
Quand à vingt mille francs irait un tel succès.

PREMIÈRE VOIX.

Que j'admire à présent l'art de l'auteur comique ,
Qui voulant prévenir toute sage critique ,
Et repousser le nom d'écrivain dangereux ,
Donne à son Misanthrope un côté vertueux,
Un autre ridicule et fait pour la satire ;
Il impose par l'un, et par l'autre il fait rire.

SECONDE VOIX.

Admirez-le, ma sœur, admirez-le toujours :
Mais si ce beau génie est libre dans son cours,
Et vrai dans ce tableau ; s'il fait taire l'envie,
Je vous le dis tout bas, c'est qu'il nous peint sa vie.

PREMIÈRE VOIX.

Quel bruit soudain, ma sœur, met la scène en émoi ?

SECONDE VOIX.

C'est *Tartuffe* qui vient par l'ordre du grand Roi,
Offrir aux spectateurs sa criminelle face.
Le voici : regardez, saintement il grimace ;
A force de soupirs et de clignements d'yeux,
Il a séduit Orgon et règne dans ces lieux.
Le pauvre homme ! il s'engraisse, il épie, il censure ;
Il craint de concevoir une pensée impure ;
Il détourne en tremblant les yeux devant la chair,
Et, frère de Don Juan, vrai suppôt de l'enfer,
Sacrilège éhonté, de Dieu même il espère
Un accommodement pour sa flamme adultère !
Paraît-il occupé des intérêts du Ciel ?
Son air ment, et son cœur est tout gonflé de fiel ;
Croit-il toucher au but ? il cache, l'impudique,
Dans un regard céleste un rire satanique !
Mais voyez, près de lui l'homme vraiment pieux ;
Qu'il diffère, ma sœur, de ce monstre odieux !
Il est doux, indulgent et pur, et charitable ;
Pour lui seul, quand il pèche, il est inexorable,
Et caché dans sa foi comme dans un manteau,
Il rougirait d'en faire un banal écriteau.

PREMIÈRE VOIX.

Après avoir flétri l'hypocrite sagesse,
Rions un peu, ma sœur, du larron de noblesse,
Du Bourgeois Gentilhomme en qui la vanité
Paierait au poids de l'or un vain titre acheté.
Ridicule écolier, vieillard abécédaire,
D'un travers curieux monument exemplaire ;
Et cependant combien d'orgueilleux enrichis,
Qui se croient grands seigneurs, sinon *Mamamouchis !*

SECONDE VOIX.

En effet ce travers, ma sœur, n'est pas plus rare
Que le vice honteux qui dessèche l'avare,
Et qui bornant la vie à former un trésor,
Livre toute son ame au vil amour de l'or.
Voyez-vous Harpagon ? il est chef de famille ;
Un vieillard vient à lui pour demander sa fille ;
Il la prendra sans dot ! sans dot ! il doit l'avoir !
Son fils suit-il la mode ? il vaudrait mieux le voir
Placer au denier-douze, intérêt fort honnête,
L'argent qu'il met ainsi pour se parer la tête,
Tandis qu'il peut porter des cheveux de *son cru !*
Mais Harpagon lui-même, oh ! qui l'eût jamais cru ?
Harpagon, notre avare, aujourd'hui se marie !
C'est là qu'il est surtout charmant de ladrerie !
Qu'importent ses enfants ! qu'importent ses amours !
Sa cassette aux beaux yeux charme seule ses jours.
Dans ce chef-d'œuvre encor, Plaute a servi mon père ;
Mais en l'imitant même, il sait rester Molière.

PREMIÈRE VOIX.

Croyez-moi, dit *Scapin*, oui, fuyez procureurs,

Juges, clercs, avocats, loups-cerviers des plaideurs,
Animaux ravissants dont la fourbe féconde
Soufflette pour de l'or le plus beau droit du monde.
Argante est convaincu ; mais, nouvel Harpagon,
Géronte vient crier sous les coups du fripon ;
Pourtant malgré le sac où Scapin *l'enveloppe*,
Je reconnais encor l'auteur du Misanthrope ;
J'admire ce talent, cette fécondité,
Qui de l'art en vainqueur parcourt l'immensité.
Tel nous voyons le Nil, sur le sol qu'il caresse,
Par sept canaux divers répandre sa richesse,
Et tel l'astre des jours éclate au haut des cieux,
Ou montre sa lumière adoucie à nos yeux.

SECONDE VOIX.

Arrière, Misanthrope, et vous, Tartuffe, Avare,
Ecoutez ! de la scène après vous je m'empare,
Et je raille en mes vers Vadius, Trissotin.
Mon père vient encor, la férule à la main,
Frapper le bel esprit dans ces *Femmes Savantes*
Qui s'arrogent toujours le droit d'être pédantes,
Et qui préfèrent même, en leur brillant jargon,
A Molière un Cotin, à Racine un Pradon.
Quel talent merveilleux dans cette œuvre nouvelle !
Comme chacun s'y montre à son rôle fidèle !
Les Tartuffes de goût, charlatans, faux esprits,
Y sont mis en lumière et couverts de mépris.
Défenseurs du bon sens, admirez Henriette,
Et louez de sa sœur la honteuse défaite ;
Riez du bon Chrysale et de son air vainqueur,
Alors que tout s'arrange en dépit de sa peur,
Et que, la tête haute, il commande au notaire.

Maintenant avouez qu'avec raison mon père
En me voyant s'est dit , de bonheur transporté :
Voici mon plus beau titre à l'immortalité !

PREMIÈRE VOIX.

Venez rire avec moi , venez battre en ruine
Les grotesques soutiens de notre médecine,
Purgon, Diafoirus, et le tendre Fleurant ,
De purgatifs choisis créateur pénétrant ,
Et type curieux du vieil apothicaire.
Venez rire d'Argan , malade imaginaire....

SECONDE VOIX.

Que dites-vous , ma sœur ? quoi ! vous pourriez bannir
D'un jour fatal pour nous le cruel souvenir ?
Oubliez-vous déjà qu'en ce jour notre père ?....

PREMIÈRE VOIX.

Oh ! non , je vois encor, je vois le grand Molière
De la scène emporté triste , froid et mourant ;
Et là , tout près de nous , sur son lit expirant !...

SECONDE VOIX.

O cruel désespoir ! ô moment plein d'alarmes ?

PREMIÈRE VOIX.

Jour affreux qui laissa la comédie en larmes !

SECONDE VOIX.

Pleurez , mes yeux , pleurez ! éclatez, mes douleurs !

PREMIÈRE VOIX.

Mourir si jeune encor ! gémissons, pauvres sœurs !

SECONDE VOIX.

Notre père n'est plus ! Il est mort pour la gloire !

PREMIÈRE VOIX.

Nous seules désormais garderons sa mémoire !

ENSEMBLE.

Pleurons , nous l'avons vu pour la dernière fois !

IX.

A ces mots , tout se tait ; j'écoute , point de voix ;
Mais j'entends comme un râle au fond d'une poitrine ,
Et moi dans un transport où le plaisir domine :
« O calmez-vous , séchez vos larmes , tendres sœurs ;
A la joie , à l'orgueil , ouvrez plutôt vos cœurs ,
Et chassez une crainte indigne de Molière.
Quand le grand homme touche à son heure dernière ,
C'est pour briller toujours qu'un instant il s'endort ;
Et quand nous le croyons étendu dans la mort ,
Il se lève et commence une vie éternelle.
Voyez plutôt , voyez , près de vous se révèle
Son immortalité dans ce jour de bonheur ;
Voyez-le resplendir ce grand réformateur !
Et comment craindre encor pour ce puissant génie ,
Pour l'écrivain qui sut , malgré la calomnie ,
Remplir sa mission par un double chemin ,
Et fit dans ses tableaux poser le genre humain ?
Comment craindre pour lui , le sublime poète ,
Qui toujours dans la lutte , infatigable athlète ,

Des coups de sa marotte a frappé nos travers,
Démasqué l'hypocrite aux yeux de l'univers,
Montré les faux savants à la foule crédule,
Et noyé les Purgons aux flots du ridicule?
Comment craindre pour lui, quand ce bronze vivant
Voit pour le contempler le peuple, un corps savant,
Des ministres du Roi, des artistes, ses frères,
Et de grands écrivains, qui, pieux tributaires,
Offrent à son génie un hommage immortel,
Et le plaçant ici comme un dieu sur l'autel,
Sont venus acquitter la dette de la France?
Calmez-vous donc enfin ; à la douce espérance
Abandonnez vos cœurs ; soyez dès aujourd'hui
Fières d'un nom si grand, et toujours près de lui,
Jouissez, nobles sœurs, de sa belle victoire :
Regardez-le, Molière est assis dans sa gloire !